# M D

撕一张日历,日子便死去一天

# 经济舱

龚学敏 著

重庆出版集团 重庆出版社

# 图书在版编目（CIP）数据

经济舱 / 龚学敏著. -- 重庆 : 重庆出版社, 2025.
1. -- ISBN 978-7-229-19193-1

Ⅰ. I227

中国国家版本馆CIP数据核字第2024L0T061号

**经济舱**
JINGJI CANG
龚学敏　著

责任编辑：程凤娟
责任校对：杨　婧
装帧设计：鹤鸟设计

重庆出版集团　出版
重庆出版社

重庆市南岸区南滨路162号1幢　邮政编码：400061　http://www.cqph.com

重庆三达广告印务装璜有限公司印刷
重庆出版集团图书发行有限公司发行
全国新华书店经销

开本：889mm×1194mm　1/32　印张：8.75　字数：150千
2025年1月第1版　2025年1月第1次印刷
ISBN 978-7-229-19193-1

**定价：68.00元**

如有印装质量问题，请向本集团图书发行有限公司调换：023-61520678

版权所有　侵权必究

# 目录 CONTENTS

| | |
|---|---|
| 乌　云 | ◆001 |
| 钟　声 | ◆002 |
| 写　字 | ◆003 |
| 连雪都比先前小了 | ◆005 |
| 雪　地 | ◆007 |
| 想　起 | ◆008 |
| 谣　言 | ◆010 |
| 航站楼中的吸烟室 | ◆011 |
| 冬天的肥胖症 | ◆012 |
| 冬天的高铁 | ◆014 |
| 寂　静 | ◆015 |
| 节目单 | ◆016 |
| 邮　筒 | ◆017 |
| 寺　院 | ◆018 |
| 岁　末 | ◆019 |
| 黑　色 | ◆021 |
| 雨　呵 | ◆022 |

| | |
|---|---|
| 雪　景 | ◆023 |
| 胆怯的梦境 | ◆025 |
| 公寓里写字的人 | ◆027 |
| 山谷中的黑猫 | ◆028 |
| 药　铺 | ◆030 |
| 雨　夜 | ◆032 |
| 冬　天 | ◆033 |
| 站　台 | ◆034 |
| 鹈　鸟 | ◆036 |
| 火　锅 | ◆037 |
| 春　天 | ◆039 |
| 肾结石 | ◆040 |
| 古大慈寺 | ◆043 |
| 无　题 | ◆045 |
| 纪　念 | ◆046 |
| 考古的人 | ◆048 |
| 墓　地 | ◆049 |
| 皮卡车 | ◆050 |
| 夜行货车 | ◆052 |
| 日　食 | ◆053 |
| 电线杆 | ◆054 |
| 病　状 | ◆056 |
| 寄居在天空的风 | ◆058 |

| | |
|---|---|
| 汛　期 | ◆059 |
| 若尔盖 | ◆060 |
| 木　鱼 | ◆061 |
| 下　雪 | ◆062 |
| 高　铁 | ◆064 |
| 女贞树 | ◆066 |
| 愤　怒 | ◆068 |
| 大　海 | ◆070 |
| 被绑架的水 | ◆071 |
| 渺　小 | ◆073 |
| 杂货铺 | ◆074 |
| 群　山 | ◆076 |
| 老酒馆 | ◆077 |
| 古　镇 | ◆079 |
| 灰　鸽 | ◆081 |
| 证　据 | ◆083 |
| 夜　行 | ◆084 |
| 下雪天 | ◆086 |
| 空姐们 | ◆087 |
| 黑　夜 | ◆089 |
| 宿江南 | ◆091 |
| 风 | ◆092 |
| 冬日集镇 | ◆094 |

| | |
|---|---|
| 药剂师甲 | ◆096 |
| 红高粱 | ◆098 |
| 老裁缝 | ◆100 |
| 1月7日,雪景 | ◆102 |
| 索　道 | ◆103 |
| 过化工厂 | ◆104 |
| 玉　兰 | ◆105 |
| 产　房 | ◆107 |
| 如是童年 | ◆109 |
| 旷　野 | ◆111 |
| 沙尘暴 | ◆112 |
| 有秘密 | ◆114 |
| 夏日雨后的小区 | ◆115 |
| 市　井 | ◆117 |
| 向日葵 | ◆118 |
| 暮色中的山羊 | ◆119 |
| 加油站 | ◆120 |
| 理发店 | ◆122 |
| 冬日长街 | ◆124 |
| 路过海鲜店 | ◆125 |
| 上弦月 | ◆127 |
| 金属编织的咒语 | ◆128 |
| 乌鸦们平躺在夜空的黑色中 | ◆130 |

| | |
|---|---|
| 移栽到公园的大树 | ◆132 |
| 春日读唐人张旭《肚痛帖》 | ◆133 |
| 桃花阵 | ◆135 |
| 深褐色的老式八音盒 | ◆137 |
| 迟　暮 | ◆138 |
| 午　眠 | ◆140 |
| 奔跑的粮食 | ◆142 |
| 雪山下 | ◆144 |
| 壬寅寒食遇雨 | ◆145 |
| 记闪电 | ◆146 |
| 冬日天桥遇僧记 | ◆148 |
| 记　梦 | ◆149 |
| 下午茶 | ◆150 |
| 壬寅端午菜市场 | ◆152 |
| 鱼腥草 | ◆154 |
| 汽车狗 | ◆156 |
| 关于海 | ◆158 |
| 面包店的早晨 | ◆160 |
| 有消息 | ◆162 |
| 风吹过 | ◆164 |
| 空药瓶 | ◆166 |
| 九　月 | ◆168 |
| 老小区 | ◆170 |

| | |
|---|---|
| 白鹭的哀伤 | ◆172 |
| 看见雪 | ◆174 |
| 香砂养胃丸 | ◆176 |
| 秋天乱 | ◆177 |
| 大　海 | ◆178 |
| 商业中心楼顶的蓝花楹 | ◆179 |
| 阴雨天的咖啡馆 | ◆181 |
| 大　雪 | ◆183 |
| 一羽白鹭 | ◆185 |
| 江　雾 | ◆186 |
| 2023年的高铁 | ◆187 |
| 风力发电机 | ◆189 |
| 皮影戏 | ◆191 |
| 与一只鹈鸟相识的午后 | ◆192 |
| 暮　归 | ◆194 |
| 隐　士 | ◆195 |
| 梦游症 | ◆197 |
| 零　件 | ◆199 |
| 禁渔期 | ◆201 |
| 夜钓者 | ◆203 |
| 即　景 | ◆204 |
| 去海边的路上 | ◆206 |
| 热带季雨林 | ◆208 |

| | |
|---|---|
| 海滨即景 | ◆210 |
| 海滨夜境 | ◆211 |
| 废弃的旧火车站 | ◆212 |
| 操场上的桉树 | ◆214 |
| 树荫,街道,或者风 | ◆216 |
| 珙桐树下 | ◆217 |
| 北方街头的黄昏 | ◆219 |
| 旧河道,及牌坊 | ◆220 |
| 水　杉 | ◆222 |
| 旅　途 | ◆224 |
| 暗度陈仓 | ◆226 |
| 遗　址 | ◆228 |
| 一座与清朝有关的老城 | ◆230 |
| 入海口 | ◆232 |
| 我选择哀伤过的山河 | ◆234 |
| 写　信 | ◆235 |
| 盐,或抑郁症 | ◆237 |
| 午夜景象 | ◆239 |
| 棕榈树 | ◆241 |
| 电线上的鸟 | ◆243 |
| 热带雨林,滴水观音及其他 | ◆244 |
| 维　修 | ◆246 |
| 立秋的动画片 | ◆247 |

| | |
|---|---|
| 挂在铁丝围栏上的狼尸 | ◆248 |
| 出　伏 | ◆250 |
| 红　隼 | ◆252 |
| 三　七 | ◆254 |
| 坐在高铁对面的坡上 | ◆255 |
| 油　松 | ◆256 |
| 新面壁 | ◆257 |
| 桂　花 | ◆258 |
| 摘苹果的妇人 | ◆260 |
| 印刷术 | ◆261 |
| 公元1573,酒曲 | ◆263 |
| 如何判断一只鸟是患有精神分裂症的 | |
| | ◆265 |

# 乌　云

乌云把天空灰色的大衣，裹了又裹
读过的志怪小说，慢腾腾地
聚拢，赶路
像是它们自己操作的前途
一片黯淡

机舱里常温的脸谱，对着散装的光芒
有时，光芒们只是一个个形容词而已
如同，感冒药中被捣碎的
两粒VC

空姐一天天老起来，胭脂的费用
和年龄成正比，这一点，更像
我在空中默念到的一个怪怪的名词

# 钟　声

比如除夕，钟声里深藏了一年的刀
把凉透了的人世，捅得体无完肤

寺院里的旧钟，成为遗址
如留声机里的旧人。铜一直奔跑
至今无法歇息，春天只能与它合拍
不可逼它说出实话

# 写　字

被我不停折磨的汉字，开始拒绝表达
洗涤过的词，拄着发音时胸闷的拐杖
出现在斑马线上
汽车是街道长出的树叶，衰老得很快
自己埋葬自己
每一个字都是奸细。多认识一个字
就多一份暴露自己的危险

我时常借助字的工整程度判断一个人
说出的话，像是抚摸脱壳的灵魂

我害怕音调强硬，还有，不说话的人
他们藏在阴冷处
如同从未见过面的生僻字
足以否定你的一生

认错一个字,好比认贼作父
所有为生计奔波的汉字,一不小心
就会被聚众闹事的字,拖出去杀头

## 连雪都比先前小了

连雪都比先前小了。像拖拉机上的
愤怒,颠簸一下
柴油和我的心劲就小一些

白纸越小,落下的污点越庞大
把雪地啄小的阳光的山麻雀
风一吹便抖
像是做了错事,愧疚,胆怯
毫无办法面对自己成为旷野中的
不值一提

作为标准的零度消逝,雪地中
有污点的人
没路可逃

踩在雪地身上的脚印，被雪背负着
光天化日下的假话，反光
比雪还硬

连雪都比先前小了。游泳池再多
也无法洗净大地
化工厂和高速公路已经到了不需要
掩盖，便随时摊开的那一页

## 雪　地

雪花像是被剁碎的莲花白，洒落下来
在雪地里说出的大白话
异常清醒，用结成的冰
不停地敲打路灯
直到灯光被冻成了假话

诅咒终止谎言，这是我西北口音的
童年，非常重要的一棵树
重要到可以忘记贫穷和歧视

我朝着已经破损的冬天走去
雪地是上天恩赐
给我的羊群，因为我与它们一样温顺

## 想　起

所有的事情都像是机器,被手机分开
拆解成零件

一群山上下来的人,因为醉氧而无言
用沉默砍伐长有广告牌的大树

受伤的小事情,蜷缩在整个事件的角落
一次次地,被胜利路过

标榜自己的秃头胖子,用进口助听器
劝阻正在生长的蔬菜
这样无知的中午已经不是少数
午睡和影子一样短暂
而他们的伪劳作,将扼杀时光中
水囊一样浮肿的丹顶鹤的唳声

请原谅我把丹顶鹤的发言

形容成水囊

因为这种盛水的容器,和名词已经消失

我只是在这里纪念而已,如同

多年以后,有人偶尔想起你一样

# 谣　言

麻雀成为谣言的根源。纸糊的
大鸟坐在天空的圆桌周围
我用胡萝卜状的帽子，不停地
劝说自己
要甜蜜，要有多种维生素
虽然麻雀卑微本身，就是罪恶的
源头


我从经历的故事中抽身出来
在报纸糊的汽车上，踩了一脚油门

我开始同情谣言
像是爱上麻雀，因为有血肉的
谣言，胜过一张穿戴整齐的纸

## 航站楼中的吸烟室

打火机火苗的翅膀,病恹恹地
扑腾在纸上
草鱼一样思考,隔空的窒息
被放大,像是嵌在凸透镜中的
阳光。温暖成为虚假
另一座城市的兄弟与我一个姓氏
并且,排行一致
烧痛的字,倒入油锅的水滴一样
跳起来,充当黑色的仇人

在航站楼玻璃的吸烟房中,面对登机口
发射出去的旅客
我感觉自己成了和他们不同口音的
小积木

## 冬天的肥胖症

肥胖症在冬天的沥青路上蠕动
雪松伸出话筒
用一个旧地名作为出发点

从夏天过来的湖水,挪挪身子
给谎言腾出了空间
从未有过一只江鸥如此地屈辱
风,用硕长的羊毛围巾一次次修改
各地的气温
她们在猜测,将要来到的春天
谁是最早说出假话的花朵

话筒让灰色的江河再弯一下
音量被室内鼓掌的空调放大了一倍
羽绒服们拥堵在门口
像停止发育的水
在北方妇人手中面团一样揉来揉去

不要忘了给灰色的江河戴上笼头
打鱼的男人
把这句话和双手一起统进袖子
不说话，只是朝远方望了一望

## 冬天的高铁

吊车在安装童话，冬眠的川西坝子
用雾霾裹着青蛙铅一样沉着的鼾声

刷过油漆的栅栏，用科学的方式
限制想象，我身上即使附满鹅毛
也是无法飞翔

花朵，我们只需要花朵，在车厢
用女人的身姿擦拭玻璃

每一个站台都是一个黎明
时间被混浊的鱼肚白，压迫得
喘不过气来

# 寂　静

大地寂静。江河用被船划开的口子沉默
冬天用雾霾在湖面上沉默
一个村庄用被公路毁掉的风水沉默
教室用无尘的粉笔把黑板涂改成沉默
现代诗用古代歌女的琵琶扮演沉默
车站广场的小贩对电子眼沉默
江油肥肠在飙升的猪肉价格中沉默
山冈用缠遍身体的梯田和嫁接的果树沉默

大地寂静。沉默的炭被一次次地清洗
直到水变成假话
沉默的雪花一片片地覆盖在大地的寂静上
可是，没有人告诉我们，这种寂静本身
就是一片最大的沉默，覆盖在沉默上面

# 节目单

印制节目单的人,用虚胖的北方口音
把文案上爬着的时间
挤得骨节又痛了一下

包括木偶戏在内的所有喝水的片段
都显得更加呆滞
节目与节目之间的逼仄
被烫金的字,固定在时间的预谋中

谢幕的乌鸦,是整个雾霾的舞台
印制出的一滴眼泪

# 邮 筒

冬夜街灯下的邮筒,像是流亡的平原
所以芭蕉绿的明信片
都是寄给自己的假话

与长满苔藓的石头的区别,在于
空洞的时间已经被后面追赶来的光
快速地,装满

人们已经不需把文字
放在别处,烘暖后,再送给他人

靠着邮筒拍照的妇人,像是抓住
一枚时间坠落的树叶

# 寺　院

毁于战火后重建的寺院里
甲对乙说：感觉菩萨的塑像
已经不像菩萨了

乙：可能是化学的涂料不信佛吧
机制的砖不信佛吧
水泥假装成的木柱不信佛吧
还有，塑像的匠人也不信佛吧

正午的阳光一晒，甲乙感觉对方
就是从远处的战火中溅到此时，尚未
熄灭的火星

## 岁　末

天空和光可怜。冬日新生的光
还未播于地上,便夭折在雾霾中

水可怜。混凝土的,钢铁的心脏支架
越安越多,水库的肿瘤越长越大
那些划船的孩子正在歌唱生活

土可怜。化肥,农药,重金属超标的
假土,不断排挤农民身份的土
心虚时
便把楼房狠狠钉在地上
给睡眠辟邪

地铁站被挤成两半的恋爱,可怜
一个走了的,在新年的电影票上写诗
一个可怜
用时间衡量可以快递的爱情

杂志可怜,纸质灭亡的时代
逆水行舟的编辑,是绑架者
形同头上插草的罪人

猪可怜,斩立决竟然来自黑色的非洲的
瘟疫

电影《误杀》可怜,凶煞,不吉利
这是贺岁片背景下的另一种可怜

## 黑　色


逃窜的黑色，眼见着雪花一片片地
使大地浮肿起来

风毁灭证据，远处的乌鸦像装满风的
袋子，被风撑破
挂在撒谎的空中
谁认识，谁黎明说出的话便有罪

我在一部冬天的电影里独自发抖
像是搂着一棵孤零零的黑树哭泣

# 雨呵

雨呵,请你们在还未死亡之前
尽情地堕落吧
我看见你们躺在一起的尸体,在大地上
是多么地肮脏

# 雪　景

人们在清洗大街,像爬上树干的甲壳虫
夕阳撞出的钟声边撼树,边坠地

新修的寺庙
想要收养与钟声一起飞的乌鸦
而乌鸦们
举起的手,比撞钟的人还要年迈
钟声的麻将牌,被他们搬弄成是非

趁着夜色,清洗大街的人偷偷地洗自己
直到把自己洗空

那些迟到的孩子,在冰凉的课桌上
看到甲壳虫尸体的
黑色字迹,被上课的铃声堆在时间

的煤堆里

课本被冻死在雪地里,虽然
雪是假的

## 胆怯的梦境

我一直在傍晚钻井,炼油,制泡沫
小偷样,把时间,想象成救生圈

谣言如同春天
秃头的布谷鸟用北方口音
筛查过路的种子。我很胆怯

种子在黑夜中疾行的踪影
被缅怀成大地的子女,一茬茬地逝去
一茬茬地在收音机里复活
我在偷听到的粮食中一次次地坠落

叠好的声音,被枪击中
那些梦境中被子弹射穿的纸,用真实
倒在地上,让种子从枪口中吐出供状

我把剩下的时间用药片们缝牢，大地
在卑微中沉浮，只是望着
那些在春天，把名字死成救生圈的人

## 公寓里写字的人

写字的人,把自己写在铜版的纸上
像是坐于雪地,用抽泣反光

白色们光芒万丈,形如鼠窜
污点般坐在纸上的人,背朝着我
掩藏着唏嘘

那么多笼罩而来的悲哀,裹在身上
世界静寂,如一件亡命的破棉袄

写错别字的手,被套子里袖着
冬天很谨慎,怕擦掉黑字的同时
把天空擦出洞来

# 山谷中的黑猫

掏空的山谷,不停勾兑谎言的比例
黑猫把灯光拧了一下,压低的声音
给大地抹脸

那个与众神陌生的人,在山坡的长势上
开裁缝铺
光线在脸上,像是胡乱剪出的花瓣
越阳光,毒汁越浓

油漆在风中感冒,衰老
孩子们一边锄草,一边给动物园捕捉
过时的标语

举着标语尸体的一群孩子
路过裁缝铺的雨点时
看见那人黑猫的脸,用水做面具
歌声一起,音符都成为证据

站满整个山谷,一茬茬地
像是被黑猫吓死的夕阳,不说话
与死掉的过去一样,被黑色抬着

## 药　铺

草长成的铜像，立在中药铺门口
一点点地，从活人的细节中死去
那么多阳光
像是拯救时开出的药方，更像是
给死亡，出具的证明

大街上笨拙的事实，包括垃圾车
来回的时间，都站在报社的阳台上
喧嚣。一只麻雀
极不情愿地召唤她的子女

我给学中医的表弟说，风水与算命
是麻雀的翅膀
胆怯的墨镜，一出场，便知晓
一个方向
可以治好痨病。众多的方向

却治不好风筝。如同
我们一边需要灵魂安息,而一边
我们又找不到灵魂

# 雨　夜

降临人间的雨，迫不得已。原野
已成划烂的蛋糕
到处都是抱着自己哭泣的泪滴

把胃写疼的诗人，用多余的疼撑开
伞，提醒哭累的银杏
被规矩修剪掉的枝丫，死一次
就用尸体把天空烧疼一次

在灯光的雨柱中蠕动的货车，沦为
穿着雨衣的街道上游荡的守夜人
溅起的泥点
是碾压出疼痛的告密者，和雨滴的
哀歌

深夜紧张地捂住地铁口
那么多渴望爱的人，早已被风吹散

# 冬 天

大风刮过,万物收拾殆尽,胆小的
蓝天,躲得那么高远

空中冻伤的鸟
像是太阳哭泣时流下的眼泪,风一吹
落在了地上

# 站　台

铁轨伸向远处,两旁长满城镇的瘤子
肠梗阻一般,让啄木鸟和庄稼厌恶
原野逝去
新生的大地,像是它遗落的尸体

屈子投江,诽谤的水一浪接一浪
菖蒲的刀,纵使把每一个端午
杀得遍体鳞伤
屈原也与屏住气息的龙船无关

杜甫蜷在船上,朝代的威仪被草芥们的
唐诗一卷卷地铺陈,帝国再锦绣花开
杜甫像是从未到过大唐

东坡一贬再贬,写出的月光覆盖沃野
包括卑微和饿殍,包括乱石穿空
千堆雪,只是写写而已

东坡已悄然滑出宋代


秋瑾秋风秋雨不仅愁煞人,还把轩亭口
愁得朝天张开,欲言又止
没说出的正是秋瑾二字,无关大清

故宫是紫禁城的尸体
雾霾是工厂和呼吸和那么多汽车奔跑后
的尸体
高铁向远处驶去,站台上的标语
像是写给它的悼词

## 鹁　鸟

坠落的鹁鸟让春天死出一个洞来
树叶用新鲜的暧昧
在居民区里无性繁殖
鸟鸣双目紧闭，像是遗弃的口罩

倒春寒的门神，左右为难
纸糊的风筝被鸟鸣浸湿
纸是塑料的先辈，而鸟鸣成为春天的
孤儿，跌倒在楼梯口的锁上

度数降低，春天臃肿的酒瓶中倾出
的雨水
已经无法给大地消毒了

# 火　锅

拖着长刀的鹅肠，在火锅的江湖中
走走停停。我在蜀汉路
错别字搭成的凉亭里，辣不欲生

矮胖的女人坐在板凳上一边吞噬
辣椒，一边诅咒她破碎的生活
一边卖弄肥厚的假嘴唇

三个女人用魏蜀吴的发黄纸巾，掩饰
劣质的话题，和背景的嘈杂

抽烟的辣椒，在张松献过的地图上
再一次丢失底线，看别人埋锅
给自己造饭

蜀汉路上散步的关羽，被聒噪砍一刀
脸便红一分

我看见关羽被吃火锅的女人,剥成
一枚赤身的辣椒,羞愧得
假装写诗,读春秋,然后身首异处

# 春 天

春天如此谨慎，小区的松鼠在傍晚的
外套的调色盘里一动不动
为稻粱谋的我边臆想，边空虚
时间用来治病
天黑一分，我就像接着一颗煤球
直到黑暗填满胃的痉挛
直到买药的人，出现在稚嫩的
地平线上

炫耀利息的灯火不断掩盖混凝土死亡的
灰色
等待转让的铺面，像是陷阱
让春天不敢前行

身着制服的清洁工，每扫一次大街
就经过一次春天
直到帮我们走完

# 肾结石

肉体的黑夜笼罩它们，从CT胶片的黑白中
钻出来的结石，细微，生动
像是一点点活出来的黎明，把整个黑夜
撕得想要跳楼

肉体的昏庸，是纸糊的灯笼，风装糊涂
如同，腐朽的绸缎覆盖着的过往
被尖锐的声音，一刀剪开

我看见疼痛四散开来的尘嚣，像我的生活
毫无分量，在刷白的病房成众人的不屑

我问大夫，肾结石在中医时代叫什么
隔着天空状蓝色的口罩，他说，石淋病

体外碎石机像是我读过的外国诗歌，用针
围剿唐诗，还有老迈的楚辞

我扶着白话文写成的诗歌，下手术台时
大夫又说，可能会尿血

城市是大地的牛皮癣，被春天越挠越痒
像是人们日趋憋大的肾

黄葛树在街边发疯，镇静的洒水车
给柏油路面虚拟的大地杀菌，消炎
小吃摊的牙齿自行紊乱
一边吞噬行人的零钱，一边给他们喂石头

邻床的病友边拍抖音
边望着满街乱窜的汽车，说，这个病要抖

城市成为大地的结石，不停地扩张
按规划生产的人造湿地
作为外挂的肾
已经无法过滤新的谎言，以及制造出的
新的名称

城市没毛病
问题是我们让它长成了使地球绞痛的结石

越飞越远的鸟,像是彻夜不眠的灯火中
找不到黎明,与出路的
哀痛

## 古大慈寺

皇帝驻跸的寺院,题字尚在诵经
故事却一再曲折
商铺的花朵
一律凭利润的枝,区别朝向
比如,阳光只照耀
涂金粉的大慈二字

被遗弃的字,像剪过枝的向日葵
探出头来
翻译成英语,给城市做广告

青石照壁,被风水的书放大
如压制了一千年的叹息,让鸟噙着
飞也不是,不飞也不是

对面的咖啡馆,按秩序派送钟声

服务生背着手敲钟，安慰
患抑郁症的小鸟们的睡眠

圆寂一位僧人，寺院便涂一层金粉
辞典中的龟壳一老再老，而我们
如同简化字，筋骨松软
水一样，情不自禁地四散开来

# 无 题

金黄的落叶像是一片片来不及逃走的阳光
被风驱赶到楼房南面的角落

一位老人躺在病床上，抗生素一滴一滴地
流进血管，躯体像是银幕，自带观众

死因越来越需要更多的表述，爱越来越
单薄，如同
我们再三肯定水，却无法说出它的来历

# 纪　念

纪念一条老迈的路，洋槐树的牙齿
用风咀嚼往事，夕阳
只是给旅途上色，稠如蜂蜜
滞碍我们。猫头鹰的计谋
把苍山，和我们一起，装入
夜晚的口袋

纪念一垄收割过的玉米，风在地上
贴满讣告
用玉米的牙齿舍不得说出遗言的农人
指着乌鸦的巢，如同来世
树枝们把天空抽得倾斜
夕阳，像是他想象的卵

纪念一个村落，肾结石状的
羊，被一粒粒排泄
疼痛一样，卖一头，村落

就清净一分,直到写村史的人

无处下笔。直到,老路的肠道
趴在死去的玉米地旁边

带铁味的风,拐个弯
看都不看人世

# 考古的人

考古的人趴在黄土中，像狙击手
正在瞄准细节上移动的蚂蚁

夕阳在掩饰所有的证据
一只只的乌鸦，像是恼羞成怒的
错别字，把遗体放进黑夜的迷宫

煮饭的人戴着口罩，边维修厨房
边用佐料，修改主食的真相

谎言在花瓶中毫不羞涩，因为
花瓶已经矫情到比花还要烂漫

考古的人站起身来，一跛一跛地
退出时间
像是一朵死去的花
唯一活着的茎

# 墓　地

斑鸠的叫声，狠狠地推了女贞树叶
一下，落在通往墓地的盲行道上

撕一张日历，日子便死去一天
活得最久的那张，刻在碑上
被亲人们留着，如果还有亲人的话

天色向晚，当我想起要下雨时
大地已经噙满了泪水

# 皮卡车

整整一皮卡车的谎言在高速公路上驰行
目的地
是一夜之间,被涂绿的荒漠

护栏在规劝那些试图自杀的言论

它们拥挤在密封的车厢中加速衰老
直到死亡。尸体
成为一张白布新的谎言
盖在老谎言缩水的身上,玻璃样透明

不甘心成为包装的皮卡车
跑得越快,谎言们的呼啸声越高
空中争吵的两枚月亮,目中无人
像是失灵的刹车

封闭的高速公路上,服务区的肿瘤
不停地鼓吹速度与目标

出口,如同一枚毒针
给皮卡车放完血后,把成片的沙砾
指给
正在吃草的城市,和它庞大的阴影

## 夜行货车

夜行货车粘在高速路磷光状的路标上
路的长短
决定车厢内鸭子们拥挤着的寿命

长蛇一样的高速路伸进更黑的暗处
两边栅栏的鳞片
把欲望捋得很直，套在
货车的脖子上

名人故居闪亮的标牌，被后人的嘈杂
一个倏忽，抛入
鸭子们羽毛的喧嚣，并且混为一谈

# 日　食

一直在破损的陶罐，淹没在海洋中
蓝色被毒死。

我们是从水中站立起来的鸟鸣
给寺院门槛上乘凉的母亲通电话
说，下雨了，陶罐在漏水。

蚂蚁们
沿着缝隙里长出的光线的树
聚集在一起，讨论面包屑的呼吸。

奔跑的陶罐在暗处拧干衣服
与我擦肩而过。

# 电线杆

倒伏在河中的电线杆,寡妇一样干瘦
被欲望撞来撞去
而大地依旧会苏醒
日子一排排站立,像是山冈上合唱的
杉树,弥漫着往昔一样的秘密

电线杆在河中洗着长发
直到黄昏来临,雨水一滴滴地
摁灭鸟叫
星宿们躲在幕后,掩藏内心的战栗

河水覆盖在松软的路上,途经的汽车
如同我们在水中熄火的
心脏

河里漂着的电线杆
像是被洪水冲散的一个个日子

天空中的鸽子一般,漂来漂去

堕落的水越涨越高
彩虹是唯一活着的事物,水涨船高
而电线中传播过的肖像在继续受难

# 病　状

钟声再也拢不住铁锈
越使力,铁锈的狼群在空中越是奔突
庚子的树伐了又植
人们一茬茬地
漫过水坝,在报纸上变凉。

菜市场痛成碎片
报纸悲伤的刀让大地如此平整
草芥们,从此不敢抬头。

受伤的云朵无处歇脚,因为
我不配用比喻写出这些城乡的名字。

戴着口罩的汽车在服务区咳嗽
吐痰,用密封的石油和公路
消除恐惧。

铁锈见风传染,直到夜空成为铁色
灯火生锈
需要照明的人群被钟声敲碎,灵魂们
依着肉体的祖国,悄然无声。

时间开始生锈
纪念碑绽放出花朵的锈片,陈述哀伤
和人群中的黑点。

## 寄居在天空的风

寄居在天空的风,把乌鸦的皮鞋
遗失在黄昏的烟囱里
运输化肥的货车,给满车厢的春天
裹紧外套
让我无法指证哪一株心怀黑暗

营养不良的春天,开始虚张声势
风越来越老
我每一次低头,都像是为它默哀

撑黑伞的女人,把自己走成乌鸦
身后,是满目的,风的尸体

## 汛　期

汛期来临。走在前面的水像是天空
的树，坠落的口号
碾压机般相互吞食
直到庞大成瘫软的胃口

轰隆隆的水既是钢铁，又是末途
可是，我不敢说出这水要像人一样
会死

## 若尔盖

在若尔盖,雪地铺满乌鸦叫声的黑瓦
被你庇护的人
雪花一样胆小,懦弱
每一位僧人都是寺庙点给大地的灯

睡眠不足的黎明,从破旧棉袄中
醒来,可怜的云朵
像被驱散的羊群
此刻,我们身上背负着最沉重的阴暗

# 木　鱼

用莲花给诅咒这个词敲木鱼
诵经，去毒性
旱季浇水，想它身形茁壮，内心敦厚

磨刀的霍霍声成为羊群维持生命的
遗传，它们拼命噬草，用膻味坚信
刀越锋利，越薄，铁越磨越少
刀就死得越快

夕阳的弹丸把装满墨水的玻璃瓶
击碎，黑色被黑色覆盖
像是一层层的腐殖土

有些风活得很远
有些跌进河流，被水抬走
这不怪木鱼

# 下 雪

……下雪了。谣言从远方潜伏过来
风吹割过的稻田
那么多的刀子扎进睡眠
梦境移了又移,大地还是结满了冰

每一棵树都形同虚设,只记得
电锯们哭泣出来的黎明与纸一样苍白
杜鹃控诉了三千年
依旧未老

每一个字都要人脸识别
路口的红灯,一直在饮酒,醉了又醒
玻璃是真理,可以照耀出
不同的光芒

越来越小的雪粒,像越来越小的死亡
大地在轮回

我想成它身上的那颗来生痣,那怕是
梦境中的污点

这样,我就好说,万物如此美妙

# 高　铁

高铁的银针，给羸弱的夕阳
去风湿
星宿在沉睡，不同的鸟把各种激情
的毯子盖在同样的病症上

就这样吧。生病的田野被刀
割得杂碎，如同斑驳的旗帜
黑夜缝补所有的成见，包括疼痛

在路上，时刻表一站站地提醒我
夕阳与目的地一同抵达
读着的书，不管是谁写的
都将没有结尾

我把自己固定在座次里，拼命
找药方
直到头发的书翻白，也是枉然

到站的高铁一头扎进城市的病灶

人脸纷纷被识别。雪花在二维码

的缝隙中降落

高楼整齐

下车的我,蹲下来

想要摸一摸,如此真实的大地

# 女贞树

迟钝的女贞树在正午阳光下昏睡
已经听不到惊雷

事物经历一遍,耳膜就刺破一点
不识时务的鸟啼
把妄想叠成纸飞机,挑战天空
又被一次次打回原形

已经没有惊雷。走在最后的乌云
正在吞噬所有的声音
鸟啼们于清晨,随露水
滴在僵硬的水泥上,嫁接给甲壳虫
的伪装

文青们不停抄袭植物仅存的名称
用普通话修剪女贞树的睡眠
树不觉,不悟

像是印在大地上的一句废话

偶尔,有车辆驶过,提醒文青们
尾气的藤蔓成为新的植物
写字的白纸像污水浸泡出的大地

# 愤　怒

愤怒的鸟群如同弹片，掠过天空

玻璃替代透明，雨被剪去所有的
翅膀和形容词，不辨善恶
人群各自站立的天空下，已密布
愤怒不同形状的念头

壮硕的愤怒率领一切的目光，将
写在纸上的屋顶洞穿
我们看见的天，会不会
只是弹孔样大小，并且没有血迹

那些新的屋顶，隔断我们与天空的
联系。飞翔的鸟群
像天空给我们的密码

愤怒的鸟群,从真实的天空掠过
无需翻译
而我,从身上的伤口再也找不到
飞翔了

# 大 海

唯有用蓝色音乐才能走远,时间静默
像死一样

屋檐上的猫,用小提琴的眼睛嚼着月亮

把整个大海揣在怀中的音乐,忍不住
滴下蓝色的眼泪
风,是我们的姓氏,像是没有根的船

## 被绑架的水

年迈的石灰在墙壁上再也站不住
信仰是他们的拐杖

春天解开足迹的绳索,大地的水
和足迹混为一谈
泛滥成过去的样子

一个人对着与墙一样高的风说:
你是过去,砍过船桅,杀过船长

被绑架的水,藏在房间破旧的历史中
谁解开它,谁就会被淹没
众多的年龄如同墓碑
时间像是被乱刀剁碎的白菜帮子

总有一个人会对趴在地上的风说:
你是纸盒里的水
其实,你知道自己砍过船桅
你杀死的船长是你刚喝下的水

## 渺 小

吟诵声,刀一样掠过我的头顶
高冈上的僧人,弯着腰给大地唱歌

而聆听的我,多么渺小
像是一遍遍努力,也长不高的青草

# 杂货铺

如果卷烟有灵魂,置于货架的高处
因其,易受潮,好背叛

抽烟的人聚集在大街的私处
抗议禁烟,和上涨的物价
直到风起,大地和灵魂一样潮湿

铁皮包装的饼干,置于低处
像一个缄口的人,从不招摇

吃零食的孩子把时间装进书包
踢出去的饼干筒,像值日生的袖套
把风,箍得哭出声来

制造过的水,被塑料绑到货架中央
天地透明成景观,看得见,摸不着

我们呼吁塑料的魂魄重生
而水的遗体,解渴之后被迅速肢解
像满地无法复活的流言

# 群　山

群山的褶皱里长满山羊的蘑菇

雨水一滴滴，前赴后继地洗涤
自己身上的罪孽
一歇息
万物重生，牧羊的孩子如同露水

群山的褶皱里长满山羊的蘑菇

中毒的森林把涂料伪装在大地的
前景里，山羊潜伏成顺从的标语
群山开始拆迁
和它孩子一样，没有免疫力的
朝露

## 老酒馆

陈旧的中式花窗喘着气,说
桐油味的风老了,影子未朽

庭院里趁黑磨出的刀,和锋利的
话题,让贩子制成年少的文物

雷声不再让人吃惊。街角的酒馆
任意泡制的事件,足以使整条街
发抖
懦弱的灯光迅速奔跑
直到跑出一个完整的黑暗
而雷声,不过是漫过阴暗的
黑衣

飞蛾想要穿过阻挡夜晚的玻璃
食过荤腥的竹子,死成筷子
风吹过它们活着的子孙,但,它们

面对食欲,依旧
保持沉默

中式的花窗后面,咖啡用假牙
咀嚼生活,切牛排的刀越来越钝
青春像是血丝的成色
被服务生问来问去
与自由和血性无关

# 古　镇

恨不得天气也老起来。银匠铺的
敲打声
像对面牙医拔出的蛀牙
一落地，就无人再理。游人的鱼
眼睁睁望着做旧的饵
一层层地，剥落浮在人世间的
绿油漆

忘记闩上的门栓，作为装饰，盯着风
不知从何处下口
风用小巷的形状慢慢长大，招惹
满街的灯笼。游人暧昧地
蜷缩在红色中
边发抖，边嘚瑟

标准间出来的女人，在庭院中发出的
微信，如同古镇夜色中央长出的

一棵消息树
挂满了银子制成的赝品
一点都不标准

# 灰 鸽

我们讨论灰色天空中的鸽子,胖的
像雾霾,只有鸽哨清瘦
不停抽打迷途的柴油货车
和车厢里反季节的,男女蔬菜
偶而,遗漏几下
抽在我们身上
像是翻看我们经历过的人生,懦弱
与天空一样灰

我们在黑夜中庆幸,而反季节的蔬菜
已经死无葬身之地,无子孙,无遗憾

天空中蠕动的鸽子,让人想起夜色里
中毒的蟑螂。所有的飞翔都被圈养
大地如此肥硕
与堕落的天空,胖在了一起

灰色的天空,这是我们用计算器
在菜摊上算计出的阴谋,以及
小数点后的两位数
买菜的主妇
用数字搭建她们的故事,包括怀孕

她们朝铝质灰色的卷帘门走去
其中一位,是刚从天上落下来的鸽子

# 证 据

风刮过停机坪,空姐用面具读新闻
得病的地图
被旅客不停涂改数据,被感染的
地名
在荧光屏上不停地抽搐

风把撕裂的地图,揉成一团
刮进上班路上的手机
整个地铁都塞满警惕,一块布在空气
与空气之间左右为难
最后,被人类丢弃成证据。下雨天
环卫工一边收集证据
一边被雨淋成新的证据

# 夜　行

车厢里的争吵声依次走上站台，冷风
吹一下，羊群般的人们就挤得
更拢一些

乌鸦丢下一粒黑色的"哇"
像是去天空赶集的农民
把黑色的棉袄裹得越紧
天空就越大

戴帽子的旅人，用行李表达人生
隐藏在不同房间的编号中
靠暖气洗漱，读书，而城市
铁桶一块地睡着
乌鸦喊了两声，一声是礼貌
一声是痛恨

夜归的人，把自己挂在睡眠的枝上
大地，像夜色一样苍茫
乌鸦病菌一般，在我们遍体的苔藓中
滋生出愤怒

# 下雪天

群山向乌云妥协
江河向混凝土举起的手掌的大坝妥协

一只胆怯的乌鸦掠过冬日的松树

预言,一个个冻死在雪地
而乌鸦,是被风刮剩下的,瘦小的
拳头

## 空姐们

几粒制服的红点,撒在停机坪灰色
的水泥地上,空姐们
这些自带温暖的芝麻,等待
冰凉的飞机

我在候机厅巨大玻璃后面
朝她们挥动一本红色封皮的书籍
像是被风刮着的稻草人

每一次,我都会在机场已经封闭的
吸烟室门口
默哀

安检的弹弓,一次又一次
击打被延误的恐高症
空姐们招展成药片,相互安慰
飞机银色的针头,正在缝补时间的

裂缝。时间上的污渍

一不小心

洒进梦呓症旅客的怀中

机场出口

满是怀抱时间与距离的偏差的

面具

# 黑　夜

黑夜的羽绒服穿在大地身上。灯一开
患了感冒的房间，被光的喷嚏
挤得无处可走

可是，我要在漆黑的夜里呐喊多久
声音才会把黑布刺破
弥天的，羽毛的大雪
才会把我染白，带走

黑夜的确旷远，最黑处，莫过于
把孩子们的哭声用黑线，牢牢地
缝死
成为新的黑色

大地一天天懦弱，直到得软骨症的
水，停滞在严寒面前

我唯一能做的,就是把冻死的鸟鸣
扫拢一堆,交给
能够点燃它们的春天。而我已被
冻死

# 宿江南

阴雨把一团团跛足的雾,老马般
驱赶到河汉的隐秘处

想要脱俗的白鹭,把软骨症遗给
铺天的夜色

我伸出的右手接到的是一滴
被杀死的雨滴
我说出的话,被传染
把整个湖面
吓得一动不动

雾的尸体是被淋湿的棉絮
盖在江南的身上
那些远处的烟囱,替它喘息
替我找那滴翻手即逝的
死

# 风

高楼把从垭口刮出去的风的肺叶
切下，制成标本
苍白而干瘪。水，被城市
逼上绝路，是鹰洒在天上的泪
落在我们的头上

大地用草木向受到伤害的风
致敬
把松柏植在阴坡，用湿润
怀念，在这里从小长大的风

起伏的山冈是诵经的节奏
山顶上最孤零的那一声，被云朵
噙着，像是搂着饥饿的孩子
天空，是风不停呼喊的母亲

我们把寺庙种成山巅唯一的
粮食
既供奉天空
又喂养自己
风,是我们朝天空举起的双手

## 冬日集镇

运豆腐的电动三轮，在雪地
越跑越白，汽油味的尾巴
被成本折腾得时粗时细

报纸尚未出生便已死去
雪地黑得突然，不需要来时的
过程。雪花
会成群成群地死出大地的真相

而纸上的黑字，还会一天天地死
虽然已经死去

运豆腐的电动三轮，在雪地
越跑越晚
直到貌似工厂的作坊临街的铁门

连轰两声
一是打开,平息自己的残喘
二是把已经点燃的街灯,关在
冬日里

## 药剂师甲

打开药瓶盖的手,在杀伐
透明药瓶装着的城池,户籍,山水
手起刀落中,对症,下药
江山遍体药味,不止一次地
了无情趣

这是瓶盖倾其一生的绝活
许多树叶的朝代,被蒸煮,被相互
甄别,直到怀揣众毒
而玻璃的手,一边持刀
一边给世俗说假话

把大地上所有的非凡之物医回原形
又于心不甘

而他,站在药架之间,不停变幻
自己的位置,与药效一般,不断
提纯自己,直到精准成一页
说明书

# 红高粱

满载高粱的卡车，从山凹出现
夕阳在河谷中新生。
那么多被手工的时间
磨小，磨红的日子
被蒸煮，被密封，唯恐有一丝的
感叹，顺河流走。

而时间浓郁成一个瓶状的地标
一揭开，山路们便弯曲，便舒缓
便是一段歌谣
唱出来动听，不唱出来动人。

我在高粱的合唱中斟酌她们的发声
直到秸秆被风吹折
而她们依旧整齐，如同高尚的人
头颅中从未生过的杂念。
因此，我成不了高粱。唯

液体的她们,是我死水状卑微中的
一滴感动。

我看见一卡车鲜活的高粱,被沉降的
夕阳
一挤,便进了茅台酒厂的大门。

# 老裁缝

皮肤与陈旧的铺板一样松弛
谎言,说得越多
在城墙上便越挂不住

经不住风吹的话,像是老剪刀
被绷带缠得苍白
案上的布匹形同玩偶,五彩
如春天。刃不会因此而温和

剪出来的老式日子
在手中妥帖得严丝合缝
如何出生,便如何死去
偶然的线头,只会牵扯更多的线头
此处,须割断

老光之下,尽是放大的局部

剪刀在布匹中行进

被熨斗烫平的念头

整齐得无法抬头

就连声音,也只配让铁发出

# 1月7日,雪景

羽毛裹着的行人是踩死雪的
凶手,整个城市都是刑场

黑色的伞用障眼法
让新生的雪
看不见前辈成为烈士的瞬间

白纸上的证词,被篡改成头撞向
大地时,流出的污水

汽车掠过铺满活着的雪的街道
像是撕掉纱布
把大地的伤口
裸露给天空

# 索 道

钢索捆绑住群山,乌鸦如进出的
铁锈,用飞,把天空刺得
蓝那么痛

乌鸦远去,独自在舱中的我
像穿着衣物的
血栓
一晃,群山就是中风的样子
半身不遂
与我在天空的法庭上,相互控诉
对方

作为证人,缺席的乌鸦用塑料薄膜
一边给大地写证词
一边给自己写黑色的悼词

# 过化工厂


高速公路的弹弓把蓝天弹到山后
爬山的草沿风的走势稀松,颓废

夕阳散落成臭鸡蛋的味道,从此
不得囫囵

汽车中的我,像一块漂浮的蛋壳
粘在工业的清新剂上
就是被击碎,也与人造的蛋核脱不了
干系

乌鸦在电线杆上与气象预报谈判
夜色越黑越稠
亮处的火光,比乌鸦的叫声还黑

收音机循环播放的乡愁
像是一根防腐剂浸过的稻草
只可用来解忧,不能拿来救命

# 玉 兰

城市钢筋的牙齿与天空对峙
大口喘气的玉兰,说
"我甚至并不觉得自己的存在本身
是真实的"

倒春寒使小区阳台上晾的衣物
进退两难
包括掩藏在表象内部的羽绒
细小得只剩下玉兰白色样的绒
卑微,如同我的敬意

花瓣在风中疾行
我们是尚未长出的树叶,连追随
都缺乏信心

从小区到大街,这棵仅有的玉兰
在杂树丛中
一年让我注目一次,白得
就像这座城市,与天空撕咬时
掉落的牙齿

# 产　房

幼婴的黄疸症像一个时代的特征
缺乏免疫力

欧洲名称的医院，如拥挤中
用久的旧口罩一般
挂在一环路的枝上

走廊上复制的西洋画，对幼婴的
哭声始终保持微笑
并且，成为一种职业，包括
飞翔的尿不湿

把一幢高楼篡改成广场
像是出生在真实的土地上，湿润
接地气，只有远在九寨沟的兄弟
忙着给先人上香

院落中的老榆树,像是走廊尽头的
汉字
黑体的静,大
而过往的人,和新生的婴儿,始终
无动于衷

挂在楼上的幼婴
风吹不着,他们最先看见的汉字
除了不准啼哭的静之外
就是西药盒上的汉字说明的
禁忌

# 如是童年

村庄，圈养的植物一样寂静。水泥路
的刀刃
把烟火味削得干干净净

进出的车灯全是掺了假的相识
让我的年岁成为一截
空心的萝卜

远处的童年在塑料大棚里，被裁剪
被嫁接，直到我吃不出自己的味来
仅是一个说明书上看过的品种而已

老学校的地基张开的嘴，咬着
我识过的字不放
可是，这些是我全部的骨头啊
包括软骨

一阵风刮走了那么多我倚过的树
灶神，土地，地雷战，熬夜守的除夕
祖母，精神病的叔叔，偷过的玉米

并且，还有一股风
在等我的名字

# 旷　野

只有白纸才能写出旷野，下雪的旷野
喝醉酒的邮递员
不止一次地认为自己便是
一封信。穿脏的绿色制服春天一样
让人感冒，当然，这是相对严寒中唯一
可以作为审美的春天

一本成为永恒的书，与装它的纸箱
无关
那些字的钉子，其实，已经钉进
时间。而箱子如同棺椁
总会散发出
腐朽

时间之外，无论动物，植物，天气
如何暴虐
旷野总是不管，也不顾

## 沙尘暴

沙尘中迷路的喜鹊,放弃了飞翔
如同放弃春天

树枝的手臂伸得越高
陷阱越深

即使在玻璃后面,依旧无法分清
那些活着的事物
是飞翔,还是坠落

用尘土伪装的汽车,是一枚枚
整齐的种子
在天气预报中等待复活。已经
没有传说走在沙尘暴的前面了

气象精确到用街道的肠胃
把城市掏空

黄色快递与老式邮政的区别
不只是绿色
如同一首老歌的树,总是拴着
众多的绵羊

沙尘暴的报纸,掠过城市,遗下
那么多的黑字
还有被这些字中伤的,黑白状
喜鹊

## 有秘密

话筒不停下雨,站在角落的妇人
如沾满灰尘的衣架
已经丧失听觉
制造耳朵的木匠的手艺,和伴随
她的导盲犬的
想法,相去甚远

白衬衣象征一个个熨烫齐整的
日子,被打印在出场表上
会场一遍遍地盲目

而妇人的呼吸率领话语的灰尘
窗帘成为阴暗下来的天色
让所有的衬衣喘不过气来

书稿的条理越细,妇人藏在
长发中的黑体字,便越密

## 夏日雨后的小区

被雨压迫的蝉鸣,扑出来
像一块红布,给门卫的手臂箍上
滚烫的袖套
试图区分是否被暴雨打击过的事物

大地铺满熬不到秋天的树叶
它们和即将死亡的秋天一样枯黄
是走在它们前面的先觉者

垃圾袋上的雨珠,和棕树叶上的
雨珠,保持同样坠落的
姿势

一个万念俱灰。一个
在万念俱灰的路上

飞机的蝉,从清洗后的天空掠过
金属的零件统一地鸣叫着
我一抬头,背心便是秋凉

# 市 井

柏油街道齐整的扫帚,把商贩
用时间煨得泛黄的烟火味
风一样扫走

打造的民国街,是一条假臂
嫁接在已经消失的水井中

杜甫只写过一次盘飧
自己的墓地却在诗中留下八处

车辆驰过,压得无法说话的柏油
看见满街都是前进中的雨滴

大树的枝上长满汽车的树叶
要到哪一个秋天,它们才会
凋零,腐朽

# 向日葵

向日葵的口号,被高速公路的栅栏
归拢得更像集体主义

近视的松鼠,在废弃的轮胎上
瞭望远处
无法前行的岂止勘探图,矿泉水瓶

奶油味的车载台,在调色板上
边覆盖,边模仿
不管用速度,把目标虚构得多远
也不能在大地上多跑出
一个太阳

路上的玻璃碾碎一次
就多一个太阳,汽车掠过时的风
就把向日葵的方向
刮乱一次

## 暮色中的山羊

成为山冈上的一面白旗,被风
大口大口地吞噬

我们把隐约望见的摇晃,说是坚守

此时
唯有这最柔弱的干瘦,才能支撑
暮色的苍茫

# 加油站

黑暗硕大的卵壳,封冻着大地
枯草作为象征活着

被黎明惊醒的加油站。早起的
女人,用生病的,咳嗽声的
镢头,一点点地
把埋在沉默中的时间
挖出光来
给汽车,拖拉机,摩托……
做早餐

峡谷两边树叶的书,被霜翻成
加油站女人身上军大衣的颜色

价格的油罐车一路过来
比墙上的太阳
涨得还快
女人挪一挪身子,想要晒一下
羊群的白色,已经落山了

# 理发店

背景音乐拼命捂着电动理发刀的嘴
整整一个上午，女理发师
一边抱怨膨胀的菜价
一边把顾客头上麻木的日子
韭菜样
割去

透明玻璃门把乱糟糟的噪音
装修成
整齐的房屋形状
让行人无法发现一屋子肢体破损
的音乐，作案工具和满地的线索

大地在远处独自平坦，我想起
割草机
吐出的一捆捆草
夕阳会混在它们中间

我是头天晚上来理发店的，所有
用幌子拼命的小店铺，都淹死在
大城市缥缈的街灯里
像大水池淹死那么多的小水

女技师的细胳膊，被巨大的夜色
压得比音乐还变形
我说，上次就是你理的
她说，好吧，电台已经预告
明天是个好天气，祝所有的天气
好运

# 冬日长街

天空从地平线开始,和黎明一样
渐渐肮脏
一头扎进远处的汽车
成为粗糙的颗粒,让天空的胃
不停痉挛

面对一条长街,我对飞过的鸟说
那是时间的枝
我们都是她的落叶

此时,太阳升起,我和鸟,以及汽车
的内心
还停在天亮前

## 路过海鲜店

"如果大地没有作出承诺
河流就不会来到这里"
　　　　　　　　——题记

躺在街边透明玻璃柜里的海水晶
成为海水的代言人

用海盐的假腥味,掩饰淡水的饕餮纹
摇篮中的婴儿一出生便给大海作伪证

氧气来自工业
整个大地的生命成为利润的加速器

到处都是不押韵的温暖,和榨干的
月光,连苍白都在远方

大江朝低处一路狂窜
身影越来越暗,直到脏成一件那么多
人穿过的外套

路过海鲜店,玻璃墙上3D说明书的
恒温,让假装的温暖,成为广告的
利润

# 上弦月

城市的树林,长成落满尘埃的塑料
拐弯处缓行的汽车
用迟暮,面对大地上这顽强的遗言

楼房越来越高,钢铁的手臂
不断击打夕阳的铁块
越砸越黑。直到月牙像生病的缺点
散漫地盯着我们

上弦月是小区门口,用钢笔
打在登记簿上的勾
无论走到哪里,都悬在我们头上

## 金属编织的咒语

农耕黑夜的大氅,被灯光刺得
破绽百出
人们在流水线上不断仿制的故居
如同冒牌的黑钻石

打吊针的银杏,被水泥的围栏
捆成一口痰
像是楼顶上的人忘掉的童年

不同的方言如污染的潮水
正在涌向一次次碎片的城市

人们用麻木对股市的绳索,表示
绝望

汽车的蝗虫，在地下室的洞穴中
吮吸石油
上古的尸体用时间写成的石油

像是光线自己在吞噬自己
而地铁是人内心的长虫，大地在疼

巫师已经消失，金属的咒语
在风中被人们追随

## 乌鸦们平躺在夜空的黑色中


乌鸦们平躺在夜空的黑色中
连哀鸣都没有起一丝的波纹

现场直播的河
被人工的光捆成一条濒死的金鱼
多么耀眼，仿佛报纸里的麦芒
扎进空气丝绸的腹部

废墟上的女人，把合唱挂着拐杖
的低声部
送给她们钢铁般冰凉的孩子：
没有了
除去影子，我们就是这肮脏的地上
唯一的一无所有

黑色的子弹击中夜空,奔跑的
野鹿可以听见
战争的玩具,吊在枪声的绳索上
地上没有一棵树敢抬头

暗处本身是一只巨大的手
所有的草,卑微到匿名
即便春天,春天也只是一个幌子

河流是捆扎大地干涸伤口的绷带
风在吹,报纸劣质的手术刀
一片片撤退,像是镜头里的雪花

夜空中的乌鸦还活着吗?比如
没有中弹的字的库存,拼出的
还是
诗吗

## 移栽到公园的大树

在输液,支撑的钢架是病床周围
城市规划图指派的儿孙

树木与钢铁保持同样的沉默
可是它们来自不同的故乡呀

这种遮了荫的拥抱
让大树听到了比钢铁还硬的死亡

## 春日读唐人张旭《肚痛帖》

万物非好词,复苏的还有战争
抑郁症,以及
虚构的故事,在金丝绒桌面上
用春日茂盛的灯光,掩饰衰败

大环境下,肚痛被唐人拎清了
勒石为证

不可堪的岂止肚痛,周身皆鱼饵
也为鱼,只冒一泡
便分不清饵与鱼。河水不敢清明
春天像是万物的卧底

一条河稳重得似拓片上的黑
也无用,白字的船

驶至今天

即使是谎言,鱼和岸,都信

比如不知冷热,皆服大黄汤

俱有益。分明有诈

# 桃花阵

山包上布桃花兵,抢劫混凝土中
出没的甲壳虫们
包括油价表脸庞上涨价的
愤怒

天气热得越快
高速公路的刀,磨得越锋利
桃花的伪装,与天空的
手指刺破时
落下的
夕阳越相似

山不用爬,桃花经济的针
给粉红的股票颓势,打索道的
生长素

埋头挖山的愚公，已移出
市场规划图
只有传说的树，被成语的油漆
刷过
孤单地杵在
网络冬天的数据中

桃花的钢盏，比甲壳虫坚硬
且不讲价
铜腥味的春天，一直在
伪造不用买保险
而能延长桃花试用期的
秘方

桃花已凋，经济的阵势
还摆在那里
热风熏过的鸟鸣，飘过我
去年坐过
的空椅子

## 深褐色的老式八音盒

一块被切成方形的夕阳,在傍晚的
噪音中,掩饰内心的锋芒

直到把自己捂成老迈
春天被众多的过往浸入木质的翅膀

盒子丝绸状的飞翔,拖着一柄长刀
春天被越切越薄

# 迟　暮

大地迟暮。老旧卡车是松垮的牙齿
荒野的树，有一棵无一棵
像是作为鱼的大地缺氧时冒出的
气泡。死亡的恐惧
把它们用夜晚粘在一起

遍地都是大雁被中伤时坠落的
影子的零件
民谣枯瘦的手，想要拼凑出一艘船
用来纪念搁浅的航线

石油的膝盖滑液已被抽空
大地虚名的架子，立在所有的河
被没收身份的入海口，边纠结
边淹没
大海被自己诅咒成一片片
巨浪的伤口，而大地在承受疼痛

沥青的癣，成为大地皮肤上
永世不得翻身的顽疾

工业的铁钳把一切的鸟，飞过的
痕迹
拧成一股钢丝粗壮的悲鸣
天空跌倒时，臭氧层空洞的淤青
将笼罩被催眠的钳工，和我们

群居的乌鸦，不止一次地模拟
核弹的飞翔，这是大地将要长出的
翅膀

# 午　眠

蜜蜂从阳光中高速削出的轰鸣声
被拧成绳索，不停打捞
铁皮水桶长在河中的
葫芦状病症，比水的流速还重

密闭的会议室挤满不同肤色的鱼
一动，就是遍地的强迫症
谁也捡不起来

真实的沙砾趴在桶底
用穿在身上的水衣，与天色
说价格
直到一塌糊涂，摸不到自己

装在桶中药粒一样的睡眠
成为时间的一段空白


一页页读过的书,里面的字咬在一起
让警醒的人更加紧张

## 奔跑的粮食

用还在种庄稼的所有村子,给通往
郊区的水泥街道命名

化肥,除草剂,杀虫剂……的精准
代替立夏,小满,芒种
给稻谷定指标。拖拉机趴在村头

稻谷在现代化建设,城市招牌上
长大的米粒
代表胃口和未来。我把母亲教我的
米字的笔画,拆开
分给饥饿的汽车
安慰它们在柏油路上的劳作

蓑衣躲进天气预报
机械不锈钢的手,抱着雨水流泪

不同小名的每一粒稻谷
被标准化成麻袋运进城里

遗在乡下的,如同麻雀
一边啄食自己
一边用飞翔,把乡愁剖给大地看

# 雪山下

躺在平原的夜色中,一只只
数雪山脚下这么多发霉的羊

再新的钢针,如同夜幕下说谎的
眼睑
终会在眼睁睁中生锈

滚落的云朵把院落砸出天井的坑
需要多大的悲哀,大地才会溅出
这么痛的青苔
我一滑,便摸到了它的凄凉
像我不敢言语的失眠症

被我数脏的羊,聚拢在
人工草坪上
竟然用风和日丽,一边等饲料
一边控诉我的假寐

## 壬寅寒食遇雨


天空冻成网格。马路不停背叛
行走，成为时间宽阔的壕沟


影子被雨滴钉在地上，单薄得
只剩一种疼痛，好在影子不死
自己是自己的药


绵山越陡，星宿越高远
躺着的盒饭
越渐让每一天，成为无法加热的
塑料寒食


抵达未遂，小区越来越大
迷路的快递把自己送成了寒食
停在清明的门口


所有消息都冻坏在路途，包括
路自己

# 记闪电


雾霾的阴翳无视给大地手术的闪电
雷声的疼痛走在后面

整个不敢开灯的夜晚
我把所有读过的书,砌成一堵墙
像是农耕时代的篱笆

闪电越强烈,篱笆的阴影越重
直到我们都无法站起身来
虽然,都带着手机叫醒功能的
显示屏上的小闪电

我们是天空哭出来的泪水,趴在
街道柏油的枝上
一动不敢动

一动,便是下水道

即使大地雨后重生
我们也只是手术台上遗弃的小器官

# 冬日天桥遇僧记

道行越深，形容词的负担越重

喇叭在柏油路上食荤，贪嗔
我俩在钢架的天桥上
被脚下，车流的风刮着

那是蝼蚁们身穿的胆怯，伪装出
工厂里哺养出的速度，走得
极快，走过的路
成旷世的累
是要偿还这重的

剃走的黑发，上天用雪片还你
一刀刀地

大地不堪沉默，便用脚步踩过的
春天
开花给我们看

# 记　梦

腋下长出宋朝的瓷盘。悬崖上的广播
不停对着年代久远的学校絮叨,包括
刚认识的火山石

有人引领我在种满玉米的坡地里奔跑
直到跑完茁壮、青春,和尚未出生的
嫩苗。人工的褐色颜料
遍布山冈,被涂画成亲爱的大地

开始鸟瞰树枝状的河流
一条曾经的鱼,诱惑我的童年,亲切
像是情人

身披黑氅的阴影一直站在树梢上
默不作声。我知道,它是坏人

# 下午茶

眼神的枝，被过路的空气抹迷离
栖住夏天对面生锈的鸟叫里

刹车声一颤，像是给城市做手术
我用水泥路面的刀疤
为自己找理由

盆地的钟声，比想象的迟暮
还低沉
本欲饮茶撞钟问诊，无奈
新铸的词典，一本比一本厚
换衣服的字
比春天还忙
我在勾兑出的钟声里，睡也不是
醒也不是

以为在楼上。其实,所有的定位
不管高低,只要发出,便是手机
平面图上的
一个点而已。与过往的街道无关

话题中偶尔掠过的白鹭的影子
被茶盏认出谜底
索性一淡,走了
残茶像是夕阳和鸟心中的追求
眯一会儿,算一会儿

## 壬寅端午菜市场

艾蒿菖蒲躺在菜市场门口收费
辟邪

即便低微到三元一束,也要
连夜淋水
浇诗歌包装的保鲜剂,直到
传说被人买空

百草皆可为药,不止

声音虚胖的保安
用共享单车,携带众多的药粒
比如盒饭,比如年纪
任服一样,可治刮风下雨
治油价上涨时
与自己一样得病,且症状虚胖
回老家的车票

百毒不侵的已是人世间
艾蒿菖蒲，也得病
也由人打农药，由人割
捆至市场，给粽子散装的人生
作心慌时的药引

## 鱼腥草

用腥味的剑，与人世保持警惕

生湿地，居阴处，以水为师
一直学习低调
以鱼腥草，折耳根，猪鼻孔
九节莲，狗贴耳，肺型草……
方言为名
聚众，而不闹事

殁后为药，治书中汉字的炎症
劝人心凉一些，似水一般

有武功高者，专噬腥味，做药引
练至阴饕餮爪
也认命

遇好事者,写祭文如下:
再洁身自好
不过也只是途经人世的
一盘菜而已

## 汽车狗

加油站的广告,把车灯聚成城市
的景象

狗群般的车,用折扣的颈环
保持体型
趴在油价的树枝上。月亮是天空
省油的独眼,已经被盯成散光

四肢着地,与生俱来的卑微
像是淋过雨的纸片
与大地哭成一路。只有被加油站
认可的口腔
才配发出声音

可以替代人,成为城市臃肿的
标签

狗的吠叫,被价格
撑在公示牌上,一层层地刷漆

也好,狗多吠些。人少叫点

# 关于海

刷蓝色油漆的木楼梯，电视剧般，一集集
模仿大海被捆住的时间

灯塔在远处，边轻蔑雾，边抽烟

鱼和我，无法分清夜空与海水
一次，又一次地
把沉默的铁船当作冒险的同类

行将坠落的鸟
被船只的假手接住，仿佛一片
多年前离散的帆布，回到
早已不存在的桅杆
或者，故事被改编的
剧本中

再新的船帆，都已过时
如缝纫机在黑布上扎出的白花
不能自证清白

风死亡时的遗嘱，被船只
撕碎在海中
每一条鱼，都是海水中的漂流瓶
等待月光穿着白衣的
导演

世事苍凉。引领过风的鸟
饿瘦成别人封面上的一道白光

此时的我，需要耐心
天空正在直播风重生的续集

## 面包店的早晨

一车车坚硬的现实,从门前的
马路,驶过
轮胎和柏油是碾压与被碾压的
亲戚,与其说相逢
不如讲彼此撕开生活中隐秘的
黑色疑点

橱窗里的面包刚睡醒的眼神
单调,整齐,一律虚张
像是一整天都趴在玻璃上放大的
期许

买面包的人,用身后远山的
坚挺,安慰自己
和玻璃上卡通样画着的日常

一点点被掏空现实的人,成为
一具越来越现实的
空壳,和面包的形状坐在一起

阳光是太阳的面包屑
洒在他们身上

早晨,咬一口隔夜面包的公交车
被自己的嗝憋醒
远山像是城市的牙齿,让现实
面包状活着,又一点点被掏空

# 有消息

老式电话铃声,扑棱棱地,仿佛
午睡中的我,被马踏醒的乌鸦

河对岸的声音太轻
像遗弃的塑料壳,把白色跌倒在
雪地

消息貌似敦厚的车辆,一动不动
车辙们在不停添足
想要掀起雪地这张白纸
而事实色调单一,用来呼应
白纸上的线条

乌鸦在天空中无法立足,像是
消息的钥匙
找不到锁孔。唯有迷路的声音
才是真实的表达

如同雪落在地上
天空,才会用寒冷表示遗憾


邮船,用死在甲板上的海水
掩饰舱内的杂乱。海鸥翻捡过往


而消息早已抵达

# 风吹过

一句话被风吹断。女贞树在鹈鸟
看不见的悲伤处
拼命地抓住大地

夕阳在雕塑的脸颊上，雀跃成
我喊不出名字的老年斑

笔从风掠过的黑夜中，蜕出壳来
躺在文具店货架上
等着批发给不识字的
因为，握笔的手，已经全部伸开
伏在了键盘上

满天的话语，要么在夏天扮成雨
坠落
要么在冬天被撕碎成雪片

有人用风的长铲,寻找雪片们
破碎前的形象

城镇,木偶的关节疼一般沉寂
我们总是忽略街边空玻璃瓶中
那么多,躺着的
风的遗体

## 空药瓶

名称要硕大，像是汉字的砍刀
被纸裹挟着
塑料要白，像是刚出生

功能主治，直抵病灶
不同的成分，分属不同的阶层
要么呐喊，要么被隔离在悼词的
台阶下面。风在吹
树梢的病历，给我们打印
方向

没有一只鸟会因为不良反应
而拒绝飞翔

禁忌。要么是一个人用病
先把自己吃出来的
要么是那一个人，给一群人
制造的

用法用量，多不以症状而定
以年龄
一日三次，以餐数定
一切都由我们自己在清醒时
给自己下药

每一个空药瓶上都被统一印着
有效期至

# 九 月

秋日来临，大街的枝上，爬满
冰凉的汽车虫
像是秋风从城市的眼眶刮出的
金属泪滴

一本想要站起的书，被震垮
哪一个字的黑，是它放弃念头的
最后一个夜晚

秋日来临，声音被煮熟，万物
在大地温差的剪刀上行走

厌倦天空的树叶开始坠落
大地在撒手
眼睁睁地看着自己再也抓不住的
天空

远处的大海成为废墟,一起风
遍体缀满
浪花们白花花的塑料袋

# 老小区

月光的纸,泛黄,像是陈年的
设计图。月色越浓
披在小区身上的琐事的雾越厚
如同笔直的马路上行驶的一辆
超重旧卡车

当初规划进来的树,已成老人
被钉上铁片吊牌的户口
遮阴的人一抬头,就能望见
树的年龄,距自己的籍贯
隔几个方言

时间的钓鱼竿,一户一户地
撒诱饵,从未空过
像是不变的门牌号
人们一遍遍地,在房间里装修
自己的名字

小区仿佛一团黝黑的胃
大门的鳃开一次,房间的灯光
便把外面的风声
消化一天。远处的楼越来越高
即使把胃抓得再紧
也够不着

树梢暮色中的鸟,是天空踏在
小区身上的脚印
在老花镜片的后面,不停
抄写秘密
时光被按揭得越来越暗

一片秋叶,老年斑一样,拼命
扯着街道崭新的衣袖

## 白鹭的哀伤

时间的羽毛在临界线上被暗算

栏杆上的油漆,用黑白
把死亡,间隔得
口号般整齐,像是新式的公墓

一只爪抓住淤泥,一只
在感染的空气中
用隐秘,抄写死亡的有关事项

冻瘦的河面,船只面孔呆滞
两岸黑色的树梢上挂着月亮的
遗容

裁缝的老花镜，在空荡荡的
电影院，用阴影
裁剪黑白时间中的旧式
羽毛

白鹭的叫声，是被悲伤拄着的
拐杖
湮没在城市日复一日的排练中

录音机在背叛昨天
直到白鹭
把自己复印成一本空白的书
放在博物馆，玻璃的
假话中

# 看见雪

月光下发誓的人,把蒿干枯的
令箭种在我居住的小区

时间被雾阻隔,我听见的
只是一小块土,幼年时的哀伤

混凝土们挤在一起,阳台的
牙齿上,满是按揭的霜花

铺天的白布下,没有一辆卡车
学会哭泣

窗外满是搬运来的节日
玩具状的快递,不停地
给大地送假信

而大地挤在一起
连废墟的伤疤都是新的

快递的纸箱成为象征
用虚伪，让女人度时光

我从未写哀伤这个词，可是
冬天还是来了

## 香砂养胃丸


久病成不了医,成药渣。胃的
版图里,建房,点火,打家劫舍
扬名立万的,皆是
木香砂仁白术陈皮茯苓……

貌似中庸呀
背地里,用后遗症匿名的匕首
对人下狠手

也会诊,先生们边画饼,边把自己
吃饱,然后微苦,用良药给各自
搭台阶

忌生冷油腻。终是不知,病是
自家养好的,还是药医好的

## 秋天乱

秋天乱,一直乱到下雪,乱成
白茫茫一片雪的遗体

词典中的黑字死去一个,白纸
就多了一份悲伤

雪,拥挤在通向墓地的路上
成为新的墓地

有人在画出的逼仄山谷里
举着仅存的时间哀号

女人的围巾,已经老成荒漠的
颜色,再也没有泪水
可以用来洗白,如一枚躺在地上的
枯叶

# 大 海

我们已被淹死,因为活着的人
应该站在我们的理想中

我们都是因天气原因取消的航班
广播中大量的修辞
被逻辑的闪电,一次次撕裂成碎片
而目的地,总是在夭折

我们被黑暗的大海潜伏在岸边
一遍遍背诵台词的泡沫
只有礁石的聋哑人
才是最优秀的舞者

我们应该带一根绳子
帮多年以后说话的人,扎一堆海水
纸花的咒语

## 商业中心楼顶的蓝花楹

天空的蓝被掐成一朵朵,安放在
从商标的刀片丛中,挣脱的
树枝上

而楼下的人影,是大地变幻出的
伤痕
被商业聚拢,夕阳用最后一口气
让万物膨胀
唯有天空的底色无价
包括黑夜,和星星的病痛

蓝色连衣裙的花朵让整栋大楼的
玻璃枝,充满欲望
精致的商业
成为所有春天空调状的发动机

系在树枝上的红色腈纶丝巾的
火苗
正在被石油的尸体点燃

## 阴雨天的咖啡馆

琴弦上长满露珠。小提琴手
像一片发霉的树叶,在走调

昏睡的壁画被冻醒
失业的犬吠比空画框还瘦

咖啡馆在背叛生活的形状
彩色用喧哗涂改黑白的常识

窗外飘过戴袖套的男人
纸叠的衬衣比真理还笔挺

乌鸦冬天的叫声比咖啡还苦
仿佛正在自杀的汉字

子弹的生锈才是唯一的活路
譬如天空的自由

下雨了。咖啡馆在时间发霉的
街口大笑，如同我，每天默念
关于一部字典，已经残缺的
悼词时
流下的眼泪

# 大 雪

一地霜打过的黄叶。生计的刀锋
秋风般，刮得快递小哥们
在街道的树枝上乱窜


一台黑白电视的泥泞信号
在大街上中断。让我们用雪花
给城市的老年斑不停打粉


一群涂改成旷野的试验品的羊
大地枯萎
冻死的角在天空中行走


一场有脏球出现的世界杯
买彩票的人用口语，在大街上
帮守门员扎无路可退的篱笆

一张说假话的纸,被打得
遍体鳞伤,大雪的
节气把黑字们埋藏得如此干净

## 一羽白鹭

之于西江河,仿佛读出的一句
诗。水面的喧嚣如此夸张
比如朝代,地震,抑或天已暮

凫水而过
羽毛们蓬勃得从不发出声来
像是一茬茬的人,只饮水
视名字如残渣
不敢留半点墨,用来欺世

羽毛是浮在江面的鱼漂。诗人
在龙王村,边酿酒,边打捞
河中的污字

诗歌透明的鱼线,在冬日的
阴沉中显人之本性
水将至清,而鱼在号令芦苇们
成长

# 江　雾

汽笛的匕首在江面上刮骨
河床一年年把利润垫高

挖沙船在咀嚼不同的朝代，包括
腐尸。鹭鸶一躲再躲
像是人世间唯一一颗活着的
螺丝
证明机器是动物

高楼纸糊的帽子在时间中游行
潮涨一次
鱼距离天空就近一点，但是
雾从不坦白真相

江水朝东流，而雾不动
像是一条江在身后布下的谎言

## 2023年的高铁

蓝与白口罩的花骨朵儿,趴在
车厢的枝上。雾霾
在掩盖远处高楼上的说话声

这些骨朵儿要霜打到什么时候
才会开出花来
这些花要开成什么颜色的纸
大地
才不会再咳嗽

一个三岁男孩在玻璃中蹒跚
穿制服的小贩,侧过身
像是给花朵开放的过程
让路

背着农药的喜鹊，无法分辨
夕阳红肿的独眼，与大棚中
烂掉的草莓

每个站台都是一个伸出手来的
假春天
只是一张车票的蓝色标签而已

而天空依旧是一块冻僵的冰

## 风力发电机



孤独,且走投无路的风,向自己
发起挑战,身后
是剪碎的名字的尸体

运电的路线,必须始终正确
却不知那一丝光亮。风
像是乌鸦在飞
大地远不如飞翔本身辽阔

维护电的人,眼睁睁看着扇片
把风一刀刀
切碎。夜色四阖
赶夜路的人,技术再好
电瓶车也是无头的苍蝇

坡上长出的手臂,不停地
朝空中取火
坡上的羊,蜷缩成群
牧羊的人,是它们手提屠刀的
火

## 皮影戏

扮成虎影的人,清晰,且虚无
教科书中的战争
骨牌一样,四角分明
比皮影里的人生,更像游戏

弹壳破碎在每一本书整齐的
仇恨中。时间很狡猾
今天劳作的麦地里,我们还会
发现哑弹的睡眠

没见过战火的乌鸦依旧会逃窜
即使,天空比大地还无法依靠

影子的重量是相同的,如同帝王
的名字,越避讳
越生僻,直至无足轻重

# 与一只鸫鸟相识的午后

汽车喇叭的树梢上，锈迹般
栖着的，是一只新来的鸫鸟
像是城市地图上
沾上的尘埃，细微到清洁工
再多，也擦拭不干净

高楼窗户们众多的眼睛
一个洞穿我一次
像是临窗的妇人撕一张日历
就从我身上
剥一层皮，直到童年
草坪上只剩下土豆的气息

鸫鸟不合时宜的影子
在街心的纪念碑上
涂满了黑色

我在城市西边问候鹈鸟的父母

落日停在我们中间

像是哑巴

对整个下午无话可说

# 暮 归

羊群散发着蘑菇白。山路把
汽车的眼睛挤成红色

暮归的人与田野新栽种的
词性，格格不入

山冈的名字一次次印在纸上
一次次，被规划的
拖拉机推倒
乌鸦把黑色叫得，比沟壑深

一扇门打开
走出来的风用化学勾兑温馨

一切都在制造，时间
被熬成一块铁板
开门的人，和天空都在吃药

## 隐　士


隐士把自己磨成雪片状的
刀刃
与闹市厮杀。从未赢过
只是在传说中把残喘，画作
留白，好让后世填落魄
而已


再比喻。声音砸在名字铺成的
地板上，将血视作花朵，虽俗
终像事实
被押解在枝头上示众
也算高洁


雪片躲成盲人，拒绝用瞎子的
俗称来形容
假比我们的内心一直敞亮

逢饥荒,便让自己长成草民中
最瘦的一株
以示清高,但要藏在镰刀们
没法凶残的句子里

宫廷是与生俱来的对手,一靠近
要么死亡,要么逃亡

## 梦游症

空椅子依次弯腰,手心中的
江湖,只剩下
线条脆弱的设计图,乌鸦
在收敛它们

乌鸦的翅,越展开,黑色
越深重
拖拉机在敲门,寒风一吹
黑得像是砸在大地身上的
铁锤

乌鸦叫声缝制的棉袄,压在
那河的睡眠上
河越写越长
像是卷状的卫生纸
只有水的预言
才能把它扯断

草坪上的椅子长势齐整
木耳们蓬勃,在树木的遗体中
假装找寻话题

水龙头流出的乌鸦
把文字抖落在药品说明书上
然后
回到,睡眠的游戏中

# 零　件

失明的事物日渐增多，逼仄的
马路
成为车辆的缺陷

汽车开始残疾，而小区树上的
斑鸠无法辨别白昼
和谎言般破绽百出的黑夜

真实越来越廉价，荒唐，如同
工业时代的粮食
来路不明

涂满怜悯色的斑鸠，用肥胖
诅咒大厦的高度
是呀，除了粮食
一切的歌唱，多么渺小

记忆的刀刃在互联网的鞘中
悄无声息
沙漠广垠,直至让我们
忽略每一粒沙,像是
对绿洲谄媚
对每一滴水却保持着刻薄

最初的机械,如同黎明的斑鸠
满怀悲悯
夜色四合,每个人都成了零件

## 禁渔期

刀架在一本书的脖子上,时间
和万物,开始寂静
女人的叙述被打断
书中描写的鲤鱼,率领水想要
制作黎明

食草的鲤鱼把眼泪哭成大河
那些被水扶着的草,一出生
便是安息
如同一本被错别字暗算的书

水中出生的纸,你回到哪里去
即使鲤鱼们张开嘴
天空也听不到它们的声音
禁渔期在岸上,我在想
是谁收走了女人的歌唱

时间像鲤鱼翻起的肤色
我在打扫,关着女人们歌唱的
马厩

## 夜钓者

再长的竹竿也触不到星宿
这是命,是黑色笼着的一截
小拇指

夜鸟用啼叫飞翔
我看不见天空划破的伤口

鱼,是天上遗下来的一滴痛
夜色的黑棉袄裹了一下
我把它盖在水上

夜钓者是一滴黑水,在岸上
用鱼,说生活

夜鸟用啼叫飞翔
我看不见天空划破的伤口

# 即　景

小区的鸟已经丧失歌唱功能
空洞，如遗失钥匙的锁
我在开花的墙上
找到一张，印着数字的卡片

风一吹，树叶聚在我的身边
是我放弃了它们
如同这旷世的秋天，已经不能
让我们成熟

假山越来越假，望久了
我僵硬的脖子一动，遍地都是
水泥和沙子
连水都在嫌弃时间

饮酒的电瓶车,是一把生锈的
柴刀
粗鄙且暗藏杀机
把道路砍得遍体鳞伤

流浪猫躲在阴影中
把黑色外套倏地脱掉,独自
跑成
一道伤疤

窗户里憋了一下午的琴声
用胶合板的气味
给小区防腐。琴声
再清澈,也飞不过鸟的翅膀
只是天空被楼房撑得太高
鸟上不去

## 去海边的路上

太阳每天都坠落在不同的地方
道路,再偏差
春天也要把暖意,一朵朵地
移到路边的桃树上
指给我看

只有黑鸟在大地上,固执地
清扫太阳的踪迹

趴着的城镇,是大地募的新兵
牙齿样,一动不动
灌木们前仆后继,演练着海水
一页一页的愤怒

风吹天空凉。没有一条抵达
海边的路
不断头

到海边去的路上,汽车的钢铁
只能贴在地面前行
而大地用橡胶,拒绝成为同伙

天空把夕阳的鱼儿扔进大海
所有的道路逝去,世事
融为
一体。万物都成了鱼

## 热带季雨林

我从未写过余晖一词。犀鸟
把一生的鸣叫
收捡在树洞中
童话千疮百孔，万物之间应有
的爱情，寄生在越来越小的
保护区

穿制服的守林人，摁灭
夕阳的烟头。谎言
可以夜视
游走在不透风的睡眠中
而犀鸟的飞翔，裹着夜色的
幕布
从未出去过

大地用植物说话。雨水是迎接
它们的留声机
被雨水淋过的羽毛
都是插在天空中的钢针，一飞
地上的人们都在痛

## 海滨即景

棕榈树在纪实,一生都在指认
身边的公路

而入海口是一只中弹的白鹇
落日还会一遍遍地红肿

没有比黑色更悲壮的羽毛
尘世再悲凉
也要向万物道歉

海螺的耳目遍布沙滩
大海瘫痪
我们都是听着大海死去的人

# 海滨夜境

月光的手臂,搭在高楼肩上
歌声已经四散
收捡它们碎片的夜空,挂着
榕树的拐杖

戴老花镜的猫头鹰,不知道
汽车的绷带,扶着
不停改区划的城市
能走多远

月亮一次次被冷落
打桩机捶击着大地的胸脯
无动于衷,我们已经忘却
自己,应该是大地的
心跳

# 废弃的旧火车站

只有铁轨上偶尔嬉戏的
恋爱事件
才能吵醒大片大片的铁锈

黄牛默不出声
夕阳的草料
把农耕文明喂养成一幅
肥得迈不开步的
油画

人们在往事中,捡拾
安慰炉子的煤球
一趟趟的煤
没有燃出阳光,反倒是
涂黑的乌鸦
是天空中飞着的心疼

堕落成生计的画画，被相机
逼进大学的创意班
废弃的旧火车站，在画笔中
显现出
不同方式的资产处置方式

夕阳是摁在一块旧布上的
手印，正在出售恋爱着的
风景

# 操场上的桉树


桉树笔直得比月光还苍白
电铃挤成一条
急促的鞭子
压迫操场上的声音们，连风
都朝着一个楼道涌出

树干把撑破的旧日子，课程表
一样，挂在嘴上
树龄越大，内心越空虚
像一位不出声的留级生

即使树干造成的纸，也被风吹乱
黑字压不住它们
哪怕十吨，终是舶来的树

承受不起一滴寒鸦的啼声
唯一象征沉重的
是扔在操场角落的一块破铁
足矣

虽然被蚂蚁和月光
抬了多年

# 树荫，街道，或者风

树荫的拳头砸在街上，一段
黑影与坦途较量的杀伐声
被车厢一截截
载走

风能够举例的地方，蝴蝶的
旗帜再小
也是方向

拖着街道奔跑的汽车，永远
无法脱下风的外套
即使风停了，尸体们都会堆在
刹车的前方

# 珙桐树下

麻雀是天上的尘埃
珙桐树用白色帕子
擦拭,这些比时间还长的忧伤

大地上行走的春天,许久
没听到水的新消息
如此寂寞,春天把自己当作
消息
写在珙桐树遗忘的
植物志的空白处。坡上的羊
一咩
时间枯瘦,白花们就对着春天
颤一下

风的刀尚在远处,被人圈养的
苞谷
都已齐整地弯腰了

夜色降临。珙桐树擦着擦着
便把自己擦成夜空中,被风
举着的,一块化石
像是植物书中
一句抹不掉的
画外音。人们边说话
边忧伤

## 北方街头的黄昏

沙尘暴在修订春天的词性
北方越辽阔
春天便越深刻

我站在校对员质疑的电话中
等红灯,像是生了白发的
一个老词:彷徨

再不用这老彷徨,它真会
故旧成词典中的一枚
锈铜钱
黄河在上,谁也没信心让它
平静

平静也枉然。在绿灯照耀下
万物都欲蓬勃
只是,仅需一只夕阳的乌鸦
便黑成了天空的句号

# 旧河道,及牌坊


时间勒在赭红的石上,耸成
牌坊,仿佛土地中长出的
一棵旧庄稼

性别不同的车辆,柳枝一般
学着绕道
只有密集的洒水车,在护卫一座
旧河道旁,被紧张的水冲刷的
新城

我嗅到的鱼腥味儿,像土地一样
在纸质的合同上流转

塑料桶是水面开出的白花
健身的老人,学习鱼的呼吸
抽刀断水呀,年代
成为切片
由白鹭进出

人们分不清在青石上挣扎的鱼
是朝前死亡,抑或
是低头活着
牌坊越来越稳重,把自己裹得
密不透风

新建的大学在走动。而学生们
依旧用老字
在牌坊上描金

旧河道在书中老成一坨土疙瘩
一翻
便碎了一地

# 水 杉

患强迫症的水杉们,即便夜里
也要站成护道树的齐整

昏黄的车灯一闪,一闪
凿着旧日子的围墙
这么多夜行的人,在铁壳里
谋生计

鸟儿的症状,比啼叫还琐碎
打太极拳的人
在草坪上反复画圈,直到
把自己拴在病历中

远山一笔。人心的雨点
都聚在路边的杂货店里

断头的柏油路，越铺越没有
成就感
到达民宿的肉类、蔬菜、水果
反穿着衣衫
隔清净世界，比天气预报
还远

而路旁废弃的送货车，依旧
运送尘嚣。水杉麻木
高处拼命的鹤
在天空的宣纸上，动了也是
白动

# 旅　途

走在前面的风，一拐弯便成了
细作
松鼠挺了挺身子
把夜幕升了起来。魔术师
从未敲开过我说出的话中的
榛子

朝阳的金针刺破画面
一地的琐碎呀
包括一生中看过的所有落叶的
汽车
那么多形式上的铁壳在重复
有一次
生活就坠落一点
铁占据过的空间
哪怕腐朽，也从未令人痛心过

松下有风,风和古人谋面时
谈起我们的情景,已经拆迁

整个旅途,都被陷在山谷中
风
刮过我们的头顶
而我们,更像河中蠕动的杂物

# 暗度陈仓

成语感冒。朱鹮在生物课中
若隐若现
下课的学生,泊在校门口
用不同的交通方式
阐释一羽理想的
伤势

不在秋天落叶的树,手指天空
发着假誓
陈仓作为最成功的一段阴暗
被史书一遍遍地诵读
空矿泉水瓶,扔在草坪
像是句号
给讲稿打总结

要理解书中那些没有晒过太阳的字
地铁，一节节地
朗诵着
城市的反面

一只喜鹊的高度，在于把黑白
撒谎给每一个人
于是，大地活生生地，被人们
分成了昼和夜

# 遗 址

铁栅栏上嵌着的灯泡,用光的
布帘,试图
缝合铁与铁之间的空隙
哪怕,风和我
被隔在远处

一枚印章盖在夜晚的地上
已经没人记得印文的种子

猫头鹰在想,时间久长,印文
会不会年迈色衰,会不会生出
书蠹

将房顶上的蓝瓦视为一滴水
天干物燥,绕围墙一周
唯有,用缅怀
润湿自己

在黑夜,唯猫头鹰的老迈知晓
远处的,海潮是蓝的

而印文,是一条河源头的隐喻
盖在地铁口爬出来的子孙身上

# 一座与清朝有关的老城

墙上的琴,乌龟般趴着,老得
发不出声来
单薄的鱼,跃成
过去。清朝
在阳光下被晒得差点活了过来

城墙脚下,摘樱桃的女人
给春天,把风
满地都是遗失伴奏的
清唱啊

樱桃摘得越多,城墙老得越快
高压线的正确性
在于维持天空破碎时的平衡

翻译成白话文的博物馆
在宽敞的马路，给不同的朝代
打伞

起风了，每一位行人，都是
给时间
致敬的博物馆

# 入海口

一条河的狼,奔突后的残喘
把不同方言的
补丁的外套,脱在陆地,包括
预报错的风力

一匹狼咬着海不放,尾
在拼命地晃动
只是,山高得即使仰望
也回不了头

填海的混凝土,不停地成为
陆地镶牙的遗址
海鸥,和江鸥在交配
天空下面
都是她们哀号过的卵

万物
以活着的形式,在大海面前
颤抖
像乱摆的时针
而时间正在一朵朵地呈现
如同,扎给大地的
纸哀婉

# 我选择哀伤过的山河

雨滴坠落时,正赶上椋鸟们
用悲哀,飞翔

堤坝上的行人,比混凝土的
风化,走得还慢
而水库
已经拢不住,满山谷哀伤的
身影

弥天的雾,要多少雨滴的死
才摔得出来

天空只有选择哀伤过的山河
才能,从一只活在水泥中的
椋鸟的,鸣叫里
找到永恒

# 写　信

你好：西山饮酒的时间，被我
一次次加密，直到忘记密码
我时常拄着梦酿的拐杖
把探头望穿，把山巅望白
鸿鹄的雪片，是我未寄出的信
在理想中没落

即便如此
我还是将你视为隔世的天空
为我拥抱着群山

你好：见字如面。池塘干涸
猫头鹰替我守了一夜
也是枉然
蝙蝠轻微一动，黑铁砣一样
把天空刚煨好的梦，砸得
遍体鳞伤

你在池塘边植的柳,被人
移作姓
这样也好,树就挪活了

现在你可以不照山,不顾水
只要饮酒的容貌还在
有个念想,就好

## 盐,或抑郁症

风吹高楼,盐已扶不住我的幻觉
食多了
成不解的心结,给聚在一起的
想法们施压。
电话像时间枯枝上的翠鸟
一鸣
就会压断一童年的春天

仁厚在城市广告上越来越薄
盐越重
写过盐的文人越浅薄,并且
在病历上不断丧失轻扬的能力
血压一高
笔下的文字便浮肿,遍体腥味
盐还未亡
眼先花了

耳鸣是撒在空中的盐
天气预报过的雨
缺乏安全感
所到之处，尽是行走的盐钉子
穿着霜衣，打寒噤

始终站在糖的反面，最后
用矛盾，一道成为敌人

## 午夜景象

楼下的汽车,是甲壳虫的僵尸
在围栏里,整齐地盲目
如同它们混凝土格子中睡眠的
主人

经济一边刺探街口的工业风向
一边与商贩的农耕方式拉锯

红眼的无人机,是城市黑森林
抹不掉的飞蚊症
把睡眠和人心剪成,睁一只眼
闭一只眼

汽车打了石油的鸡血
但凡拐弯
就要用光,给城市的隐私
做扫描

夜幕被灯撑得很高，车辆们
像无头的苍蝇
在接引分不清黑白的生活

## 棕榈树

公路是棕榈树王国的边界
蚂蚁的孤独，在斑马线上
把理想
挪了又挪，哪怕公交车的乌云
只是用刹车向棕榈树致敬
所有的作息
也会被公路的刀剁得比蚂蚁的
存在还碎

羸弱的那棵，是树中的医者
给茁壮的虚伪让路
直到在乌云中隐身
而乌云将成为空洞的边疆

一群棕榈树把羽毛簇拥在
离建筑工地很近的地方
是不是等着我选一个
与人,植物,水泥,以及理想
有关的词:比如

# 电线上的鸟

工业在大地上制造的琴弦,让
猝不及防的雪花
分成怀旧,或者汽车一路
带来的哮喘

冬天残酷,像是大地的筋
被一根根地,挑成了电线

而电线上的鸟,是天空冻掉的
手指。大地僵硬
而唯一暖和的,是飞向鸟的
子弹

# 热带雨林，滴水观音及其他

滴水观音随身的毒，开花
即说话
湿漉漉的话，趴在人间

海南的雨斗笠，背向洋流
我该握紧哪一片
毒叶子
凋零都显得多余，那么多
腐朽的形式，依旧活着

降真香在撬门，涅槃的砗磲
与雨成为对手
中过毒的雨，至今活着
只是救不活我尚未来临的
时间

几人才能合抱的大树越来越少
不怪别人，因为
能够与我牵手的人没了

也许，他们中了雨蛊
自己早已成了树

## 维　修


残缺的太阳，如果没有一只鸟飞出
它的线索，常识坠成的乌鸦
在木桶中搓洗夜幕的保洁工
是榆树下唱歌的女人。设计天空的
画匠，把自己粘贴在纪念版中

预算比写字楼中的绿植还笼统
洗手间的发条把一幢楼绷得
比一匹马黑色的蹄子还紧身

棕榈树的鸣叫把乌泱乌泱的阴影
捡到人工的风口

## 立秋的动画片

每一个早晨都是铁敲出来的
与气节无关
时间被肢解,还有什么让我
不秋,而栗垢,或者自卑的

唯有衰草知秋,可再多的草
也长不成树呀

风被一分为二,包括
挂在床头的梦境
童话在风车上被刮成嘶叫
从外面把蛋壳击碎叫捣蛋
从内部把蛋壳啄破叫新生命

动物只能在动画片中相爱
如果动画片中
没有作为主角的人
那么就让动物们自己发声吧

## 挂在铁丝围栏上的狼尸


铁丝围栏把草原捆在每一户人家的
产权上
罡风吹着蛋糕状的沃野

我看到牛羊们最辽阔的圈养
铁丝是律法,草原用切割开来的
乳房哺育它们
即使天上的云朵
只要在草地上投下影子,也会
被铁丝的刀切开

一匹误入围栏的狼
让一个时间的缺口,感到迷惘
大雪苍茫
我看见挂在铁丝围栏上的狼尸
唉,这错误的一跃,会不会成为
羊群一个朝代的警觉

狼和羊，从此永不相欠
牧羊者说，狼尸
是我挂在雪原上的一个污点

# 出　伏

俗世中的白鹭，被凉风一刀
再繁华的秋天，满是死亡的
笔画

江河的胆，越来越小
岸上不停加秋衫的我，像是
孤悬的小魂魄，抑郁
且强迫自己喝时间的大药

河在蜕皮，碳排放把地球吹得
比哀愁还大

古人用农耕把时间种得再长
词牌的叶子，如今
也是出伏即黄，由不得我

就像白鹭羽毛的匕首,一抖
工业过的大地便满是伤痕
包括,我的年岁
和匕首自己

# 红　隼

把时间啄旧，遍野都是它种满
神迹的洞穴
有人将穹庐建得比云朵还高

其实，作为旱季的冰箱贴，无论
炎凉，或者高低
我们都是贴着世态飞翔

飞得越高，一条河的蛇，越蜿蜒
万物都在升高的辽远中
被铭记，比如边陲，比如书中
牺牲的水源
和它的壮歌

羊雄山作为饮水而成长的一种比喻
把红隼，顶在蓝色的句子中

我在一头扎进来的,高铁的空壳中
冥想
杂草在土里
而山峦,再也放不下它们的包袱
如同,红隼飞过天空
总有人会流泪一样

# 三 七

是刀的后手
血逃逸的渠道,被植物用密谋
边收封口费
边开花,边拓疆域
餐刀,指甲刀,手术刀堕落成
锃亮的臣民

只有被粉碎器收买过的三七
才会安慰伤口
包括流血的江河,越汹涌
我们越麻木
距大地真相的伤口越遥远

三七不停地安慰伤口
而大地,只能从痛处才会长出
新的三七

而我们连痛处也找不到了

## 坐在高铁对面的坡上

整个下午，阳台上的我
与眼前的高铁，始终
隔着一只乌鸦的聒噪
茶水在杯中吓得发抖

移来的紫荆
也是坡上曾经的亲人
高铁的口号
把满山喊成空洞，不断来回
直至茶残
夕阳，许是救治过大地的
丹丸

乌鸦是好乌鸦，只是声音的
铁棍
把树枝们长出的天空
搅黑了

# 油　松

抬着云朵棺木去墓地的油松说
不要讲话
你们昨晚已经死了

护林的飞机正在与斑鸠谈判
可是，葬礼比死亡本身
还令人
窒息

还好，即使冬天死去，我随身
携带的
生长过的万物，树一样，还
剩有骨架

油松，依旧用针，救治你们的
遗言

# 新面壁


新修的寺庙,都是劫后的古树
结出的果实
来的,未必是来生,蚂蚁
在地上拼命
写黑字
火烧过的时间,趴在木柱上
用化学的漆
和普通话的佛号,缠在一起
一个,不放过一个


山深至寺院,便无路可去
像是噙着佛号飞走的鸟


刨根的人,一茬一茬,不过是
刨自己的先前

# 桂 花

攥着西药片的老人,拼命地
掩盖寺庙的气味
长椅上斑鸠的跳跃太累
与现今的
汽车数目相似

狗只吃机制的盒装狗粮时
桂花落在老人肩上

秋天是一笼硕大的肺炎
被桂花的小火星熏着

孪生的气味,一个在宋
一个在视频中坠落
我和斑鸠坐过的长椅
都是等声响的
小注脚

汽车的籽，驶出小区的皮壳
大风在垃圾场，填埋
废旧汽车的
种子
我在桂花香翌年的春天下
等种子

老人和药味的真相一起飘
兔子在飞
寺庙再新，既是现实
也有未来

## 摘苹果的妇人

苹果园上方的那块天凉了，苹果
就不再长了
装着苹果的拖拉机走远了
像是把那块天也运走了

在路边，头越低的玉米
叶子越干
与光缆上的喜鹊们一道
用沉默，把时间还给了大地

此时，天空即使晴朗
我们的注视，也是无比的虚伪

# 印刷术

飞机在控制天空,成为青鸟
信件上标注清晰的叛徒
晴空岂止万里
照排的年纪越少
文字的身躯,堆积越高

把飞机想象成一支笔在天空上
的书写
是一种复辟
那么,我们便是它排出的蛋
依次排着,重生,并且单纯

术不是一只中性的鸟
活字与否
印出来都黑得一塌糊涂
即便捅破
也不会成为繁星

字越来越简化，多年前的
捡字工
从历史教材的排版车间的
窗户望出去
飞机像一枚铅字的牙
正在寻找自己说过的错别字
它们将相互指责

## 公元1573，酒曲

帝国硕大的木船，在余晖中
边璀璨
边与独眼的夕阳，谈羽化

夕阳在江面漂
高粱在坡上红

我在漆黑的江边生火，煮饭
想着救活一首断气的歌

红嘴鸥，给河山配放大镜
给1573的明朝找窖池
鸥说，时间万不可流浪
否则，会窒息在历史的瓮中

大浪即使没淘尽我等,也是
仅余一片酒帆而已

饮过酒的江鸥,把夕阳衔成
一粒红高粱

既然流水怀孕,不如让她
在泸州,生产永世的酒名
帝国云散,高粱幻化成曲
酒一淋
便是水上漂的我,小声
哼出的酒曲

# 如何判断一只鸟是患有精神分裂症的

准时聒噪。把森林演变成树林
溪流被圈养成肥胖的水库
觅食，或者交配的时机在实验室
篡改得面目全非，比正常还精准
人类用灯光成功地焊接白昼与黑夜
而鸟，仍在设想的高处，叫来叫去

假想敌太多。稻草人的种类
包括电线杆，铁塔，通信基站
天灾包括汽车，高铁，飞机
和导弹的速度

自负。以为自己识字
可以把报纸上的黑字啄食完
直到发明一种只有自己才认识的
狂躁